Jutta Bauer
Madrechillona

para Jasper

Jutta Bauer

Madrechillona

Lóguez

Esta mañana, mi madre me chilló de tal forma

que salí volando en pedazos.

Mi cabeza voló al Universo.

Mi cuerpo cayó al mar.

Mis alas se perdieron en la jungla.

Mi pico aterrizó en las montañas.

Mi pompis desapareció en la ciudad.

Mis pies se quedaron quietos,
pero, de pronto, echaron a correr sin parar.

Yo quería buscar, pero los ojos estaban en el Universo…

...quería gritar, pero el pico estaba en las montañas...

...quería aletear, pero las alas estaban en la jungla.

Muy cansados, los pies habían llegado
al anochecer al desierto del Sahara,

cuando una gran sombra se posó sobre ellos.

Madrechillona había recogido
y cosido todo.

Sólo le habían faltado los pies.

«Perdón», dijo Madrechillona.

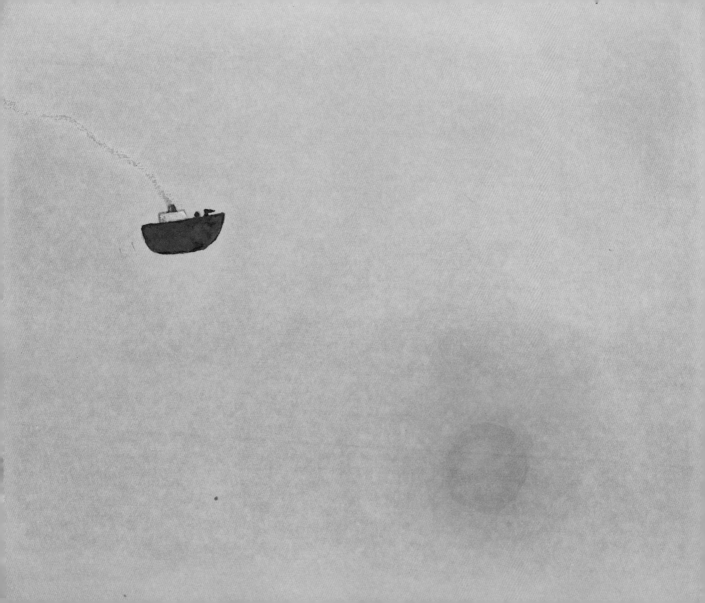

Título del original alemán:
Schreimutter
Traducido por L. Rodríguez López
© 2000 Beltz Verlag, Weinheim und Basel
Programm Beltz & Gelberg, Weinheim
© para España y el español: Lóguez Ediciones
Ctra. de Madrid, 90. 37900 Santa Marta de Tormes (Salamanca) 2001
Printed in Belgium
ISBN 84-89804-36-2